Abraham Geiger, Rabbiner Süsskind

Einweihungsfeier der neuen Synagoge zu Wiesbaden

Antigonos

Abraham Geiger, Rabbiner Süsskind

Einweihungsfeier der neuen Synagoge zu Wiesbaden

Unveränderter Nachdruck der Originalausgabe von 1869.

1. Auflage 2024 | ISBN: 978-3-38636-807-0

Antigonos Verlag ist ein Imprint der Outlook Verlagsgesellschaft mbH.

Verlag: Outlook Verlag GmbH, Zeilweg 44, 60439 Frankfurt, Deutschland, info@outlook-verlag.de
Vertretungsberechtigt: E. Roepke, Zeilweg 44, 60439 Frankfurt, Deutschland
Druck: Libri Plureos GmbH, Friedensallee 273, 22763 Hamburg, Deutschland

Einweihungsfeier

der

euen Synagoge

zu

Wiesbaden

am 13. August 1869.

(ואלול תרכ"ט)

Wiesbaden 1869.

Verlag von Rodrian & Röhr,

vormals

L. Schellenberg'sche Hof-Buchhandlung.

Nachdem die Gemeinde und die übrigen Festtheilnehmer sich in der bisherigen Synagoge versammelt hatten, wurde das מנחה‑Gebet abgehalten und die üblichen Psalmen: — לכו נרננה ״ יברך את עמו בשלום recitirt.

Hierauf sprach Herr Rabbiner Süskind folgendes

Schlußgebet.

Herr unser Gott und Gott unserer Väter! Unter Deinem Schutz und Schirm hat sich unsere Gemeinde in dem Maße gemehrt, daß dieses Gotteshaus uns ist zu enge geworden, und das Bedürfniß, eine erweiterte Stätte zu gründen für Deine Anbetung, ist immer bringender und immer drängender geworden. Dieses Bedürfniß soll nun seine Befriedigung finden. Das Haus, das wir zu Deiner Verherrlichung erbauet haben, das steht unter Deinem Beistande, o Gott, vollendet da. Die Stunde der Trennung ist gekommen, in welcher wir scheiden von dieser Stätte, die bisher Dir geweihet war, Dir unserm Gotte und unserm Vater!

Doch wie sehr auch diese bisherige Stätte unserer Anbetung überstrahlt wird von dem Glanze und der Größe des Gotteshauses, dahin wir ziehen wollen; dennoch können wir dem Gefühle tiefer Wehmuth nicht wehren, das unser Herz mächtig bewegt in dieser Scheidestunde. Waren wir doch so viele Jahre hindurch gewohnt, hier die Brücke gleichsam zu finden, die den Himmel mit der Erde uns verbunden hatte! Haften uns doch so viele liebe, heilige Erinnerungen an dieser Stätte, Erinnerungen, die zugleich mit den entscheidenden Wendepunkten in unserm Leben oft auf das innigste zusammenhangen!

Doch dieses Gefühl der Wehmuth verwandelt sich in ein Gefühl des kindlichen Dankes gegen Dich, heiliger Gott, wenn wir der Segnungen gedenken, die wir hier empfingen durch das verkündete Wort Deiner heiligen Lehre, durch das Licht, das uns von dieser

Stätte aus hineinleuchtete in die Seele, durch den beseligenden Frieden, der sich hier hineinsenkte in das Gemüth und uns hinaus in das Leben begleitete.

Der bei weitem größere Theil des Geschlechtes, das einst — vor 43 Jahren und darüber *) — Zeuge war der Einweihung dieses Hauses, ist nach Deinem Rathschlusse, o Gott, heimgegangen in die höhere Heimath, die uns Alle erwartet. Um so tiefer, um so mächtiger sind heute in ihrem Gemüthe Die ergriffen, die Deine große Gnade am Leben erhalten hat, um auch diesen Tag zu schauen, um auch unsere heutige Festesfeier zu begehen. Und nicht mit Thränen des Schmerzes, wie sie zu Serubabel's Zeit unsere aus Babylon zurückgekehrten Väter einst weinten, die den ersten Tempel in seiner Pracht und Herrlichkeit gesehen und dann auch bei dem nothdürftigen Aufbau der neuen Opferstätte zu Jerusalem gegenwärtig waren; sondern mit Thränen rührenden Dankes wendet sich ihr Blick von diesem Gotteshause auf das neue ungleich herrlichere hin, und sie stimmen jubelnd ein, wenn wir Deine Güte preisen, Deine unendliche Gnade, unser Gott und unser Vater! Freude strahlet darum in Aller Angesicht jetzt, da der Ruf an uns ergehet: Lasset uns hinziehen in das Haus unseres Gottes!

Beschließen wir nun unsere Gottesverehrung in diesem Gotteshause, wie wir unsere Gottesverehrung an dem uns heiligsten Tage des Jahres, an unserm Versöhnungstage, zu beschließen pflegen: mit unserm Religionsbekenntnisse, an dem wir heute und allezeit festhalten mit derselben Begeisterung, mit demselben Feuereifer wie unsere Väter und Vorväter!

שמע ישראל יי אלהינו יי אחד

(Höre Israel, der Ewige ist unser Gott, der Ewige ist ein Einziger!)

ברוך שם כבוד מלכותו לעולם ועד

(Gepriesen sei der Name seines herrlichen Reiches immer und ewig!)

יי הוא האלהים

(Der Ewige ist der wahre Gott!)

So sei denn nun die Bestimmung dieses Hauses zu einem Gotteshause, wie sie ihm einst von unserer Gemeinde feierlich gegeben wurde, im Namen unserer Gemeinde eben so feierlich wieder aufgehoben! Darauf sprechen wir Alle: **Amen.**

---

*) Am 24. Februar 1826.

Die Torarollen wurden hierauf von dem Herrn Rabbiner aus der heiligen Lade genommen und den ältesten Gemeindegliedern übergeben. Der Zug setzte sich dann nach der in dem Programme festgestellten Ordnung zur neuen Synagoge hin in Bewegung. Am Portale angekommen, überreichte Herr Oberbaurath Hoffmann dem Präses der Gemeinde, Herrn Geheimen Commerzienrath M. Berle, den Schlüssel zur neuen Synagoge mit folgenden Worten:

Nachdem zu Anfang der zwanziger Jahre von der damaligen kleinen und wenig bemittelten israelitischen Cultusgemeinde dahier die alte Synagoge mit dürftigen Mitteln erbaut worden war, wurde dieselbe im Februar 1826 feierlich eingeweiht und bis heute in gottesdienstlichem Gebrauche erhalten.

Bei der inzwischen erfolgten starken Zunahme der Gemeinde und bei ihrem durch Fleiß, Intelligenz und Regsamkeit gesteigerten Wohlstande regte sich schon zu Anfang der sechziger Jahre der Gedanke, die räumlich viel zu beengt gewordene alte Synagoge durch einen entsprechend größeren Neubau zu ersetzen.

Dem rühmlichen Beispiele anderer israelitischen Gemeinden aus neuerer Zeit folgend, sollte aber der Bau der neuen Synagoge auch nach seiner ganzen Anlage, wie hinsichtlich seiner äußeren und inneren Erscheinung den Forderungen des guten Geschmackes und der heutigen Kunst entsprechend ausgeführt werden, um den seiner höheren sittlichen Bestimmung geweihten Endzwecken einen würdigen und bleibenden Ausdruck zu verleihen.

Von diesem Geiste durchdrungen erging von dem ehemaligen Vorstande die ehrende Aufforderung an mich, die Ausführung des neuen Synagogenbaues in diesem Sinne zu übernehmen.

Nach Genehmigung des Plans begann der Bau im October 1863 und wurde derselbe durch die thätige Förderung des inzwischen eingetretenen neuen Vorstandes fortgesetzt, bis es durch die Thätigkeit, und ich muß es rühmend hervorheben, durch die aufopfernde Hingebung der besten Meister dieser Stadt gelang, die Beendigung des Baues in diesen Tagen mit Gottes Hülfe glücklich zu Stande zu bringen.

Bevor ich heute das Feld meiner sechsjährigen Thätigkeit verlasse, um das darauf entstandene Werk seiner Bestimmung zu übergeben, spreche ich dem gegenwärtigen und vormaligen Vorstande meinen aufrichtigsten Dank für das mir bisher unausgesetzt geschenkte ehrende Vertrauen aus, welches zu rechtfertigen ich wenigstens nach allen meinen Kräften bemüht war.

Indem ich Ihnen, hochgeehrtester Herr Geheimer Commerzienrath, als Vorsitzenden des Vorstandes hiermit den Schlüssel zur Pforte des neuen Gotteshauses überreiche, um dasselbe der Gemeinde zu erschließen, füge ich noch den Wunsch bei, es möge die sichtbare Erscheinung des Gebäudes von jenem Geiste durchweht sein, daß darinnen auch Herz und Seele sich allen sittlichen Eingebungen des ewig Wahren, Guten und Schönen erschließen und diese feste Wurzel fassen möchten!

Derselbe erwiderte hierauf Folgendes:

Indem ich in meiner Eigenschaft als Vorsteher der hiesigen israelitischen Cultusgemeinde die Schlüssel der neuen Synagoge von Ihnen, hochgeehrter Herr Oberbaurath, in Empfang nehme, glaube ich zunächst eine Schuld der Dankbarkeit abtragen zu müssen, wenn ich Ihnen im Namen meiner Mitvorsteher und der Gemeinde, welche wir zu vertreten die Ehre haben, die höchste Anerkennung wegen der Schönheit Ihres Werkes und den tiefgefühltesten Dank für die aufopfernde Thätigkeit, mit welcher Sie sich dessen Ausführung gewidmet haben, hiermit öffentlich ausspreche.

Möge das neue Gotteshaus eine Stätte der Religion und jener frommen Erhebung der Seele werden, deren das Gemüth des Menschen in unsern Tagen um so mehr bedarf, als uns ja so oft die Gelegenheit geboten wurde, uns davon zu überzeugen, wie wechselvoll und unbeständig das äußere Geschick des Menschen ist.

Und indem ich hiermit den neuen Tempel seiner Bestimmung übergebe, geht mein Gebet zu Gott, daß Jeder, der es betreten wird, darin den Trost, die Ruhe und den Frieden finden möge, welche die Religion allein dem Gläubigen spendet.

Er öffnete alsdann die Hauptpforte.

Der Zug trat in die Synagoge ein, und der Gottesdienst begann und verlief nach der in dem Programme angegebenen Weise.

Festpredigt,

gehalten in der neuen Synagoge von Herrn Rabbiner Süßkind.

Herr unser Gott und Gott unserer Väter! Mit freudigem Danken sind wir nun eingezogen durch die Pforten dieses Heiligthums und mit jubelndem Lobgesang. Es sehnten sich und schmachteten die Seelen nach dieser Stätte, wo Herz und Gemüth sich erheben sollen zu dem lebendigen Gott, — und wonach wir uns sehnten und wonach wir schmachteten, das ist durch Deinen Beistand, o Gott, uns erstanden: wir stehen in Deinem Hause, unser Gott und unser Herr! — Ja, in Deinem Hause, vor Deinem heiligen Angesichte! O, daß wir doch nie, so oft wir hier erscheinen, dieses vergessen; daß sie uns stets heilig seien, die Stunden, die wir hier verweilen; daß jeder fremde Gedanke verbannt bleibe aus unserm Herzen, wenn wir hier anbeten, daß nur der Gedanke an Dich, den Unsichtbaren und doch so Nahen, unsere Seele ganz erfülle und auf den Flügeln der Andacht zu Dir erhebe! Dazu hilf uns, unser Gott und Vater, das lasse uns gelingen! Amen.

In zahlreicher Versammlung, unter dankenswerther Theilnahme hochverehrter Vertreter von Gesetz und Recht in Staat und Stadt

wie verehrungswürdiger geistlicher Führer und Genossen der ver=
schiedenen Religionsbekenntnisse, sind wir hier vereinigt, um diese
Stätte zu heiligen unserm Gotte, um dieses Haus seinem Namen
zu weihen. Ein Gotteshaus soll dieses Haus nun sein, darin Alle
Gott suchen, darin Alle Gott finden. Insbesondere sollen wir,
geliebte Brüder und Schwestern unserer Gemeinde, eine würdige
Stätte hier haben, dahin wir wallen, um unsere Gesinnungen,
Gefühle und Wünsche in brüderlicher und schwesterlicher Vereinigung
vor Gott hier auszugießen, um den Durst der Seelen zu löschen
an den Quellen des Heiles, die unversiechbar das Wasser des
Lebens hier ausströmen.

Doch eine Frage drängt sich uns da gleich auf bei unserm
Vorhaben, die wir nicht unbeantwortet lassen dürfen. Ein Gottes=
haus soll dieses Haus werden! Was heißt das? Ist das etwa
ein Haus, darin Gott eingeschlossen wohnt, darin er vorzugsweise
seinen Sitz hat, darin er nach der Menschen Art und Weise Ehre
und Huldigung und Anbetung annimmt von seinen Menschenkindern?

Ist er doch, wie unser Lehrer Moses uns verkün=
digt, überall uns nahe, wo wir ihn anrufen! Ruft
doch Gott durch den Mund des Propheten uns zu: הַשָּׁמַיִם כִּסְאִי
וְהָאָרֶץ הֲדֹם רַגְלַי der Himmel ist mein Thron,
die Erde meiner Füße Schemel, was ist das nun
für ein Haus, das ihr mir bauen könntet, oder
was ist das für ein Ort, woselbst ich wohnen
sollte! Und spricht es doch auch Salomo aus in seinem
mustergiltigen Tempelweihgebete: הִנֵּה הַשָּׁמַיִם וּשְׁמֵי הַשָּׁמַיִם
לֹא יְכַלְכְּלוּךָ. Siehe, die Himmel und die Himmel der
Himmel vermögen nicht, Dich zu fassen, um wie viel
weniger dieses Haus, das ich Dir erbauet habe!

Ihr sehet, andächtige Zuhörer, wir brauchen nicht erst zu hor=
chen auf die Weisheit, die das spätere Geschlecht, die eine neuere
Zeit als eine neuentdeckte verkündigt, auf die Wahrheit, daß die
ganze Natur ein Tempel, darin Gott wohnet, daß Gottes Gegen=
wart nicht auf die ihm geweiheten Stätten sich beschränkt, nicht auf
das Stiftszelt zu Schilo und nicht auf den Tempel zu Jeru=
salem, daß er vielmehr an allen Orten, wo wir seines
Namens gedenken, uns nahe ist, um uns zu segnen.

Aber trotzdem, daß jene Gottesmänner, wie sie in unserer
heiligen Schrift lehrend auftreten, nicht blos wußten, daß die
ganze Welt ein Heiligthum Gottes ist, sondern daß die ganze Welt
ihnen auch ein wirkliches Heiligthum war, darin die Himmel
ihnen die Herrlichkeit Gottes erzählten und der Sterne
unendliche Zahl seine Macht verkündete und seine Weisheit; trotzdem
daß die ganze Natur ihnen als ein Tempel galt, und die Erde als
der Altar, von welchem die Flamme ihrer Andacht aufloderte zu

Dem, der der Schöpfer, Träger und Erhalter ist des großen Ganzen; trotzdem hielten es dieselben Männer nicht nur nicht für überflüssig, sondern für unbedingt nothwendig, Gott geweihete Stätten, von Menschenhänden erbauete Tempel zu errichten, darin der Sterbliche in Verbindung trete mit seinem Gotte, darin er recht kennen lerne seinen Gott, um gerade dadurch in der Natur um so sicherer — ihn wieder zu finden.

Die Bedeutung des Gotteshauses besteht daher nicht darin, daß Gott von der übrigen Welt gleichsam aus= und in dem von Menschen bestimmten Raume eingeschlossen sei, sondern daß wir, von der Welt abgeschlossen, uns hier einschließen für Gott; nicht daß wir unsern Gott uns, sondern daß wir uns unserm Gotte hier näher bringen: das, m. and. Zuhörer, das ist die Bedeutung, die Bestimmung des Gotteshauses.

Die rechte Weihe des Gotteshauses kann darum auch nicht darin bestehen, daß wir mit blosen Worten, durch blose Formeln diese Stätte zur Gottesverehrung bestimmen; auch nicht darin, daß wir heute zum ersten Male Herz und Hände hier zu Gott erheben, — denn das ist blos der Anfang, nicht die ganze Weihe. Die ganze, die rechte Weihe erhält das Gotteshaus vielmehr erst durch den rechten Gebrauch, der davon gemacht, durch die segenreiche Einwirkung, die durch dasselbe hervorgebracht wird.

Es wird daher der Feier dieser Stunde ganz angemessen sein, wenn wir die Frage uns zu beantworten suchen:

Auf welche Weise erhält das Gotteshaus seine rechte Weihe?

Es wird sich uns ergeben, daß das Gotteshaus seine rechte Weihe dann erhält, wenn es allezeit dem Namen ganz entspricht, der in der Cultussprache ihm beigelegt wird, wenn es ein בית הכנסת, eine Synagoge, d. h. eine Stätte der Einigung ist, und zwar eine Stätte der Einigung mit Gott und eine Stätte der Einigung mit unsern Mitmenschen.

Als Text für unsere Betrachtung dienen uns die Worte des Psalmisten, in welchen wir den Grundgedanken finden, den wir eben ausgesprochen haben. Sie sind aufgezeichnet im ψ 118, 20 und lauten also:

זֶה הַשַּׁעַר לַיְיָ   Diese Pforte führt zu Gott,

צַדִּיקִים יָבֹאוּ בוֹ   seine Verehrer kehren da ein.

I.

Die Pforte des Gotteshauses soll zu Gott führen, soll mit Gott wieder einigen Alle, die das Leben draußen von ihm getrennt oder ihm entfremdet hat.

Wenn Gott seinen Segen legt auf das Gewerbe und das Werk der Hände gelingen läßt; wenn du, wie es in unserer Tora heißt,

zu essen haft im Ueberfluffe; wenn du schöne Häuser
bauest und sie bewohnest; wenn deine Rinder und Schafe,
wenn dein Silber und Gold und Alles, was du besitzest,
sich mehret, da wird das Herz nur allzuleicht übermüthig
und vergißt den Ewigen seinen Gott, vergißt den, der seine
Hand gnadenvoll geöffnet hat, um die Fülle der Glückesgaben dir
in den Schooß zu legen. Und mit der Gottvergessenheit geht dann
ganz naturgemäß allmälig auch ein gottloser Wandel Hand in Hand,
der nichts Höheres kennet als die Befriedigung des irdischen Sinnes,
dessen ganzes Streben aufgeht in dem Streben nach irdischem Erwerb und irdischem Genuß, der keine Ahnung hat von der Freude
in Gott, der keine andere Freude hochschätzt, keine andere Freude
kennt als die Freude der Sinnentriebe. Da gibt es denn, wenn
nicht eine rettende Hand den ergreift, der auf solchen verderblichen
Weg gerathen ist, am Ende keine Thorheit, keine Sünde, kein Laster,
darein der Mensch in solcher Gemüthsverfassung nicht verfallen könnte.

Das Gotteshaus hat diese hohe, heilige Bestimmung, deinen
Gott, den du in deinem Glücke übermüthig vergessen haft, dir
wieder in das Gedächtniß zu rufen. Hier, wo Alles an Gott er-
innert, wo er in feierlicher Versammlung angebetet und verkündigt
wird als der Höchste, der Reichthum verleihet und Ehre, der
die Herrschaft hat über Alles und über Alle, in dessen
Hand die Kraft und die Macht, in dessen Gewalt es steht,
groß und mächtig zu machen, — hier muß dein Stolz sich
beugen, hier muß dein Uebermuth — Demuth werden. Hier er-
fährst du, daß nicht die eigene Kraft, nicht die eigene Klugheit,
sondern daß Gottes gnädige Fügung die Umstände zu deinen Gun-
sten gelenkt, deine Unternehmungen mit erwünsch'em Erfolge ge-
krönt und deinem Wollen das Gelingen gegeben hat; daß aber derselbe Gott, der gegeben hat, auch wieder nehmen kann, und daß

אין חכמה ואין תבונה ואין עצה נגד יי daß dann keine Klugheit, keine Einsicht, keine Ueberlegung etwas vermag
wider Gott, wider seinen heiligen Willen. Hier dringt die Wahrheit unwiderstehlich dir in das Herz, daß du Alles, was du bist
und was du hast, Gott allein verdankest.

Doch nicht blos in den sonnigen Tagen des Glückes, auch in
den dunkeln Leidensnächten drohet uns die Gefahr, Gott zu ver-
lieren.

Wenn drückende Nahrungssorge für dich und die Deinigen
dir die Stirne umwölket; wenn Kummer und Trübsal eingekehrt
sind in dein Haus und nicht daraus weichen wollen; wenn der
Todesengel die liebsten Menschen dir entführt, die innigsten Bande
dir zerreißt; wenn du in der Bedrängniß deines Herzens am
Morgen ausrufest: ach, wäre es doch Abend! und am
Abende: ach, wäre es doch Morgen! und scheu umherblickest,
und keiner dich hört, und keiner dir hilft, und keiner dir Trost

und Ruhe verschaffet, und du dünkst dich von Gott verlassen, verstoßen und wirst gar irre an Gottes heiligem Walten; — siehe, da winket dir freundlich das Gotteshaus, daß du in dich gehüllet deine Klage ausschüttest vor Gott. Hat die täuschende Welt dich verlassen, will sie oder kann sie dein Seufzen nicht erhören, kann sie den rechten beruhigenden Trost dir nicht geben, — die Worte, die du vor deinem Gotte flehentlich aussprichst, ‏קרבים אל "‏ ‏אלהינו יומם ולילה‏ sind ihm nahe bei Tag und bei Nacht, zu jeder Zeit, in jeder Lage, im Sonnenschein des Glückes wie in der Nacht der Leiden; er gewähret dir, was recht, was deinem wahren Wohle dienlich ist. Wie erquickende Thautropfen senkt sich der tröstliche Gedanke dir in die Brust, daß aller Glückeswechsel, daß alles Entstehen und Vergehen, alles Aufblühen und Absterben unter Gottes Fürsehung vor sich geht, daß keines seiner Menschenkinder seinem Vaterauge entgehet, daß er, nach dem Ausdrucke unseres nächsten Festgebetes, wie der Hirt seine Heerde, seine Menschen alle kennet und mustert und darnach des Lebens Ziel und Verhängniß bestimmt, daß er unsere Wünsche nur dann nicht erfüllt, wenn sie thöricht, unsere Bitten nur dann nicht erhört, wenn ihre Gewährung uns schädlich wäre. Der Glaube an Gottes heiliges Walten erfüllet ganz unsere Seele, und das, meine andächtigen Zuhörer, das gibt uns Kraft, auch das Schwerste mit Ergebung zu tragen, das gibt uns heiligen Muth zur Ausdauer auch in den bittersten Leiden.

‏מה תשתוחחי נפשי ומה תהמי עלי‏ Seele, was betrübst Du Dich, warum ist Dir so bange! Harre nur zu Gott! — Ja, ihm werde ich einst danken, ihm meinem Gott, meines Angesichtes Heil!

Wenn das Gotteshaus in solcher Weise seine heiligende Kraft übt, daß seine Pforte zu Gott führt, daß es in guten wie in schlimmen Tagen unsere Verbindung fest und dauerhaft erhält mit Gott, damit wir im Glücke nicht übermüthig, im Unglücke nicht verzagt werden: dann entspricht es seiner hohen Bestimmung als Synagoge, als Stätte der Einigung mit Gott und erhält damit seine rechte Weihe.

II.

Doch nicht nur in Bezug auf Gott, sondern auch in Bezug auf unsere Mitmenschen muß das Gotteshaus, wenn es seine rechte Weihe erhalten soll, eine Synagoge d. h. eine Stätte der Einigung sein.

In dem weltlichen Leben, darin in der Regel jeder nur nach der Befriedigung irdischer Wünsche strebt und alles Sinnen und Trachten auf irdischen Erwerb und Genuß vorzugsweise gerichtet ist; wo man in dem ganzen Dasein auf Erden, nach dem treffenden Ausdrucke eines jüdischen Weisen, gleichsam einen blosen Jahrmarkt sieht, wo die Menschen sich gegenseitig als Käufer und Verkäufer betrachten, die darauf ausgehen, sich einander zu täuschen und zu überlisten und für ihr Thun und Lassen keinen anderen Maßstab haben als den, ob es irdischen Vortheil und Gewinn gewähre; da gestaltet sich das Leben am Ende zu einem leidenschaftlichen Kampfe Aller gegen Alle, Liebe und Wohlwollen schwindet aus der menschlichen Gesellschaft dahin, und Neid, Mißgunst, Schadenfreude treten, die Gemüther trennend und entfremdend, an ihre Stelle.

Da soll denn das Gotteshaus, durch dessen Pforten die Gottesverehrer eintreten, seine menschenverbrüdernde Kraft bewähren. Hier ruhen die Kämpfe, die draußen in dem Leben so hitzig gekämpft werden, und Alle stehen auf heiligem Boden.

Ein Bedürfniß treibt Alle an, hier zu erscheinen: ihr Herz auszugießen vor Gott! Stand und Vermögen, die in dem weltlichen Verkehre die Menschen scheiden und trennen, — hier sinken diese Scheidewände: הכל שוין לפני הקדוש ברוך הוא בתפלתם Mit gleichem Rechte, mit gleichen Ansprüchen nennen Alle Gott ihren Vater.

Muß da nicht der Gedanke, daß wir Alle, die wir hier versammelt, Brüder und Schwestern sind, die in Liebe und Wohlwollen stets sollen vereinigt sein, muß dieser Gedanke nicht läuternd und veredelnd einziehen in unsere Seele?

Einerlei Wünsche, einerlei Bitten, einerlei Dank sprechen wir hier Alle aus vor unserem Gotte. Nicht für sich blos bittet ein jeder von uns, sondern auch für den Andern; Alle beten für Einen, Einer für Alle.

Wenn wir nun hier als ächte Gottesverehrer nicht blos mit dem Munde und den Lippen, sondern mit ganzem Herzen und ganzer Seele von Gott Segen erbitten für den Andern; werden wir dann wohl draußen in dem Leben den von Gott erbetenen Wohlstand, die von Gott erbetene Zufriedenheit unserer Brüder und Schwestern verkümmern oder stören? Oder werden wir dann dem Bedürftigen, dem schuldlos Bedrängten hartherzig unsere Hand verschließen und ihm nicht mittheilen wollen von dem Ueberflusse, womit unser Gott uns gesegnet hat? Werden wir dann, wie Hiob sich ausdrückt, dem Armen sein Begehren versagen und die Augen der Wittwe schmachten lassen? Werden wir dann unsern Bissen allein essen und nicht auch der hungernden Waisen davon geben?

Und wenn wir hier aus vollem Herzen von dem Herrn aller Herren den Segen erflehen für unsern allverehrten König, den Gottes allezeit weise und gnädige Fügung zum Landesherrn uns gesetzt hat, wie für Alle, die er zur Verwaltung und Besorgung der öffentlichen Angelegenheiten berufen hat; werden wir uns dann nicht mit unsern wohlgesinnten Mitbürgern geeinigt fühlen in der heiligen Entschließung, unsern König mit ehrfurchtsvoller Liebe und Treue zu umgeben und die von ihm bestellte Obrigkeit in ihren auf das

Glück und die Wohlfahrt ihrer Untergebenen gerichteten Bestrebungen durch Gesetz und Ordnung liebenden Sinn, so viel in unsern Kräften steht, zu fördern und zu unterstützen?

Gewiß, auch in dieser Rücksicht muß das Gotteshaus, wenn es seine rechte Weihe haben soll, als eine Synagoge, als eine Stätte der Einigung sich bewähren, daß es eine Pflanzstätte sei, darin die vaterländischen Tugenden, treu gepflegt, gedeihlich sich entwickeln, erblühen und Frucht tragen, die Frucht des bürgerlichen Glückes und Wohlergehens.

Das Gotteshaus muß endlich, wenn es seine rechte Weihe sich erhalten will, seine einigende Kraft nicht blos in dem Kreise der eigenen Religionsgenossen, sondern auch in dem weiteren Kreise der Menschheit bewähren.

Es ist der Schöpfer und Vater aller Menschen, der gütig ist gegen Alle, dessen Barmherzigkeit sich erstreckt über alle seine Geschöpfe, der in unserer Tora uns gebietet, ihm nachzuwandeln auf seinem Wege der Liebe, der in unserer Tora uns gebietet, unsern Nächsten und — wie es an einer andern Stelle zur Verhütung jeder engherzigen Deutung heißt — auch den Fremdling zu lieben wie uns selbst; dieser Gott ist es, vor dem wir hier das Knie beugen, zu dem wir hier Herz und Hände erheben. Und das Haus, das diesem Gotte einigender Liebe geweihet ist, das sollte als eine Stätte liebloser Trennung und Spaltung hintreten zwischen Menschen und Menschen, weil sie in ihrer religiösen Anschauung verschieden sind, weil sie in der Auffassung ihres Verhältnisses zu diesem Gotte von einander abweichen? Das Gotteshaus sollte entweihet und zu einer Werkstätte herabgewürdigt werden, darin Pfeile des Hasses geschmiedet und abgedrückt werden gegen diejenigen, die das Bekenntniß des Unaussprechlichen in andere Worte fassen, die auf ihnen eigenthümlichen Wegen das Ziel ihrer Vervollkommnung suchen, dem Ziele ihres Heiles entgegengehen?

Fürwahr, meine andächtigen Zuhörer, wer nicht gedankenlos, wer als ächter Gottesverehrer eintritt durch die Pforte des Gotteshauses und mit Herz und Seele Theil nimmt an der Gottesverehrung, der fühlt sich geeinigt mit allen seinen Mitmenschen, die mit ihm Alle Kinder sind des Einen himmlischen Vaters; der schätzt und liebt auch in dem Andersglaubenden den Bruder, der wie er in Gottes Bild geschaffen ist; der fühlt sich durchdrungen von dem Ausrufe des Propheten: Haben wir nicht Alle Einen Vater, hat uns nicht Ein Gott geschaffen; wie sollten wir lieblos sein einer gegen den andern und entweihen den Bund unserer Väter! — O, wie fein, wie lieblich ist es doch, wenn Menschenbrüder in Eintracht mit einander leben!

So möge denn dieses Gotteshaus dadurch seine Bestimmung erfüllen, seine Weihe erhalten, daß es dem heutigen wie dem späteren Geschlechte, wie den Nachkommen, die noch geboren werden, unter dem Schutze des Allmächtigen, im ganzen, vollen Sinne des Wortes eine **Synagoge** sei, d. i. eine Stätte der Einigung mit Gott und eine Stätte der Einigung mit unsern Mitmenschen allen. Amen.

So weihen wir denn in Deinem Namen, Herr unser Gott und Gott unserer Väter dieses Haus zu seiner hohen, heiligen Bestimmung, daß es fortan ein Gotteshaus sei, darin Deine reine, lautere Wahrheit verkündigt, darin die rechte Kraft zur Heiligung, darin der wahre Frieden der Seelen gefunden werden soll.

Möge Dein Auge, Allgütiger, stets offen stehen über diesem Hause bei Tag und bei Nacht, Deine Macht es schützen vor allen Unfällen und Gefahren, Deine Heiligkeit es bewahren vor jeder Entweihung durch frevelhafte Menschenhand.

Erhöre, o Gott, die Gebete, die hier aufsteigen aus reinem Herzen und laß Dir wohlgefallen die Opfer unserer Lippen, die Dir hier dargebracht werden.

Stehen wir tiefgebeugt vor Dir, Herzenskündiger, in dem Gefühle unserer Schuld, daß wir uns an die Brust schlagen und bekennen: Herr, ich habe gefehlt, ich habe gesündigt! — so laß uns Gnade finden vor Deinem Angesichte; erhebe Dich von dem Stuhle der Gerechtigkeit auf den Stuhl verzeihender Barmherzigkeit und nimm die reuevoll Bittenden wieder auf in Gnaden. — Stehen unsere in das Alter religiöser Mündigkeit getretenen Söhne und Töchter vor Deiner heiligen Lade und geloben Treue Deinem Glauben, Gehorsam Deinen Vorschriften; so vernimm Du im Himmel das Gelöbniß dieser Unschuldigen und stärke sie in ihrem redlichen Vorsatze, daß sie die Treue Dir halten bis zu ihrem Tode. — Treten Verlobte hier vor Dein Angesicht, um in Deinem Namen den Bund der Herzen zu besiegeln und gemeinsam und unzertrennlich den Weg durch das Leben zu wandeln, so gieße über sie aus die Fülle Deines Segens; erhalte sie fest und treu bei ihrem Entschlusse, sich gegenseitig zu beglücken und zu beseligen bis an ihr Ende. — Und wenn ein Fremder, der nicht zu Israel sich zählt, hier eintritt und sein Herz ausgießet vor Dir, der Du ein Vater bist aller Menschenkinder, so erbarme Dich seiner nach Deiner großen Güte und verleihe ihm den Segen Deines beseligenden Friedens.

Die Fülle Deines Segens komme über unsern König, unter dessen weltlichem Schutze dieses Gotteshaus steht, über die Königin, seine Gemahlin, über die Königin-Wittwe, über den Kronprinzen und seine Gemahlin, über sämmtliche Königliche Prinzen und Prinzessinnen und alle, die dem Königlichen Hause anverwandt und zugethan sind.

Dein Segen komme über den Bezalel dieses Gotteshauses, über unsern Baumeister, der in diesem Baue ein Denkmal aufgerichtet hat, das in späten Tagen noch ein glänzendes Zeugniß geben wird von der gestaltenden Schöpferkraft des kunstverständigen Meisters. Dein Segen komme über seinen Ohliab, über den Gehülfen, der ihm bei diesem Werke treulich zur Seite stand, wie über die wackern Meister und Alle, die an diesem Bau beschäftigt waren und, was der Geist entworfen hatte, zur schönen Wirklichkeit brachten.

Segne, Vergelter alles Guten, den Vorstand unserer Gemeinde, der keine Anstrengung und keine Opfer scheute, um diesen zu Deiner Verherrlichung bestimmten Bau seiner Vollendung entgegenzuführen. Stärke Du seine Mitglieder und rüste sie aus mit immer neuer Kraft, daß sie auch ferner segenreich wirken zum Heile unserer Gemeinde.

Lohne, o Gott, den frommen Eifer, den unsere Männer und Frauen, unsere Jünglinge und unsere Jungfrauen durch die vielfachen Spenden bethätigten, die sie diesem Gotteshause zuwendeten zu seiner Herrichtung und würdigen Ausstattung. Vergelte die zum Theil so reichlichen Opfergaben, die von Auswärtigen und unserer Religionsgemeinde nicht Angehörigen für diesen Neubau dargebracht wurden. Erhalte all diesen edeln Gebern den frommen Sinn, daß sie den Ueberfluß, mit dem Du sie gesegnet hast und auch ferner segnen mögest, stets anwenden zu frommen Dir wohlgefälligen Werken.

Segne Alle, die keine Anstrengung scheueten und opferwillig Zeit und Mühe aufwendeten zur Hebung und Verherrlichung unserer heutigen Feier. — Segne unsere ganze Gemeinde sammt ihren Angehörigen allen. — Dein Segen komme über unsere Stadt und über alle ihre Bewohner. Dein Segen über die Gotteshäuser alle, darin Dein Name verkündet und Dein Wort gelehrt wird.

Ja, Dein Name, o Gott, werde verherrlicht und geheiligt immer und ewig! Amen.

Israel's Geistesleben.

Predigt,

gehalten

in der neuen Synagoge

zu

Wiesbaden

am Sabbathe den 14. August 1869

von

Dr. Abraham Geiger,

Rabbiner der israelitischen Gemeinde Frankfurt a. M.

Einst trat, meine werthen und andächtigen Zuhörer, unser Erz=
vater Abraham mit der Bitte um einen Bodenantheil vor die Be=
wohner des Landes; er bedurfte dessen, um ihm die entseelte Hülle
seines geliebten Weibes anzuvertrauen. Wenn auch da wohnhaft,
fühlte er sich doch als einen Fremden unter Fremden, war er ja
ganz anderen Sinnes als die übrigen Bewohner. Da trat er denn vor
sie hin und sprach zu ihnen: ger wethoschab anochi immachem.
Ich bin ein Fremdling und ein Einwohner bei Euch, gebt mir eine
Stätte für meinen bestimmten Zweck. Ein Fremdling und ein Ein=
wohner: er wohnte wohl in ihrer Mitte, er war räumlich nahe bei
ihnen und dennoch ein Fremdling, er hatte ja eine andere Geistes=
anschauung und Auffassung: echad hajah Abraham, er war ein
Einzelner in der großen heidnischen Gesammtheit, der Eine, der den
einen Gott verehrte und deßhalb fremd unter ihnen. Sein Geist
konnte sich mit dem ihren nicht vereinen, aber auf der Erde und in
Bezug auf das Irdische lebten sie gemeinsam, und so bat er um
einen Antheil an dem Boden.

Diese Worte, meine Lieben, aber in gerade entgegengesetztem
Sinne richte ich heute an Euch. Ein Fremdling und ein Einwohner
bin ich bei Euch; ein Fremdling, der nicht mehr in Eurer Mitte
weilt, der seit nahe einem Menschenalter aus Eurem Kreise weiter=
gezogen, nun Euch wieder näher gerückt ist, aber doch nicht unter
Euch, — ein Fremdling bin ich bei Euch, aber dennoch auch ein
Einwohner. Wir haben uns nie im Geiste entfernt. Mein An=
denken ist bei Euch treu geblieben, wofür ich Euch den tiefsten Dank
aus dem Innern meines Herzens spende. So wart auch Ihr
meinem Herzen allezeit nahe. Hier war die Stätte, wenn auch in
einem andern bescheideneren Hause, wo ich die ersten Jugendkräfte
versuchte im Dienste meines Gottes und Herrn, dem ich auch die
andern Jahre meines Lebens gewidmet habe und dem ich treu weiter
dienen will, hier war die Stätte, wo ich zuerst mit jugendlicher Un=
reife und Unerfahrenheit, aber auch mit der liebevollen und innigen
Hingebung, mit dem warmen Eifer, wie er das Jugendgemüth durch=
dringt, gestrebt und gewirkt habe. Ich bin noch ein Einwohner
unter Euch, und ich danke Gott dafür, daß er es mir vergönnt hat,
nun nach einem Menschenalter hier wiederum vor Euch hinzutreten,
hier wiederum das erste Mal, nach der würdig vollzogenen Weihe
dieses Hauses, das Wort Euch zu verkündigen zur Verherrlichung
Gottes, zur gemeinsamen Kräftigung und Erbauung. Ich danke

Gott dafür, daß er es mir vergönnt hat, nach einer so langen
Reihe von Jahren so manchem alten lieben Genossen wieder ent=
gegentreten zu können, ihm die Bruderhand darreichen und zu ihm
sprechen zu dürfen: hen heranu adonai eth kewodo weeth godlo.
Ja Gott hat uns schauen lassen seine Größe und Herrlichkeit; wir
haben wunderbaren Wandel zusammen erlebt in diesen Zeiten, es
ist Vieles an uns vorübergegangen und Gott hat uns erhalten.

Du treuer, lieber Genosse, wir sind wohl älter geworden, aber
frisch ist Geist und Herz geblieben, und wir wollen weiter, so lange
Gott uns die Jahre vergönnt, in seinem Dienste nicht ermatten.
Und wenn ich auch Manchen am heutigen Tage vermisse, dem ich
gerne habe ehedem ins treue Auge geblickt, der gerne auch mir die
Hand hat helfend und stützend entgegengereicht, — nun ich vertraue
darauf: der Blick der Vermißten wird heute lächelnd, freundlich auf
mich herniederschauen und auch ich lege den Kranz treuer Erinnerung,
liebevollen Andenkens auf ihr Grab. Gottes Friede umschwebe sie
in ihrer ewigen Ruhe! —

Ja ein geistig Band ist es, das uns verknüpft hat und uns
noch weiter verknüpft und verknüpfen soll, ein geistig Band, wie es
ja Israel, soweit es überhaupt eine Besonderheit ist und bleiben
soll, — also nicht im staatlichen Verbande, der als ein besonders
israelitischer längst aufgelöst ist nach Gottes weisem Rathschlusse, daß
wir in allen Landen und unter allen Zungen Seinen Namen ver=
künden und seine Lehre dahintragen sollen — ein geistig Band
ist es, das Israel verknüpft, insoweit es eine Besonderheit ist
und bleiben soll: es ist ein eigenthümlich geistiges Leben, das unter
ihm waltet und das alle seine Glieder umschlingt, ein geistig Band,
das zu aller Zeit so mächtig ist gewesen, daß es die Zusammenge=
hörigkeit eng dargestellt hat, ein geistig Leben unter den mannig=
fachsten Verhältnissen, unter den verschiedenartigsten Gestaltungen,
unter dem Wechsel der einander drängenden Ereignisse, in den ent=
legensten Ländern und selbst unter den verschiedensten Richtungen
des Geistes, unter den mannigfachsten Ausprägungen der innersten
Ueberzeugung ein und dasselbe geistige Leben. Ihr fragt wohl:
Nun, was ist denn dieser einigende Faden, was ist denn der Inhalt
dieses Gedankens, der uns unauflöslich bindet? Ja, meine Lieben,
ein geistig Leben erschöpfend darzustellen ist dem Menschen nicht
vergönnt; der Geist beherrscht ihn und nicht er den Geist, der Geist
ist das Allgemeine, der Einzelne blos ein verschwindendes Besonderes
innerhalb dieses Allgemeinen. Wird das Sandkorn eine Vorstellung
sich bilden von dem Haufen, dem es angehört, kann das Glied den
Körper fassen, will der einzelne Mensch dieses Geistesmeer, in dem
er blos ein Tropfen ist, beschreiben?

Von Gott dem Herrn, ihm, dem Urgeiste, dem Geistesquell,
dem alle Wahrheit und alles Leben entfließt, sagen die alten tiefen
Denker: Darzulegen, was Gott ist, ihn in einen erschöpfenden Be=
griff einzuzwängen, ja selbst ihm entsprechende Eigenschaften beizu=

legen, wer wollte dieses wagen? Wir können seiner Auffassung nur
nahe kommen, indem wir alles Unvollkommene von ihm fernhalten,
alle Beschränkung in ihm verneinen, middoth scholelioth.

Dennoch dürfen wir gewisse Eigenschaften von ihm aussagen,
und wenn wir auch mit ihnen nicht dahin gelangen, ihn genügend
zu bezeichnen, so drücken sie doch für den beengten Menschengeist
gar Vieles und Bedeutsames aus. Zuerst sagen jene alten tiefen
Denker: nimza, er ist: er ist das Ursein, er ist der Grund alles an=
deren Seins, er ist mamzi kol hanimzaim, aus ihm entsteht Alles,
von ihm ist Alles hervorgerufen, sein Sein ist ein unbedingtes und
alles Andere ist ein endliches, abhängig von seiner Kraft. Er ist,
das kann man ferner von Gott aussagen, chacham. Er ist der
Allweise; kannst Du ihn selbst nicht fassen, so kannst Du doch die
Spur seines Wirkens und Schaffens erkennen, Du siehst die Weis=
heit überall ausgebreitet, siehst das große Kunstwerk der Welt,
siehst, wie wunderbar sich die Vorsehung durch alles Große und
Kleine hindurchzieht, ein mächtiges Geistesleben, das überall als
gesetzlich ordnende Kraft, in dem denkenden Menschen bewußt sich
offenbart, Du erkennst den hohen Geist, der da lenkt, entwickelnd
die Ziele immer höher steckt. Dem kommt ein drittes hinzu: er
ist jachol allmächtig. Ueberall zeigt sich sein allgütig Walten, wir
erkennen, wie er diese Schöpfung in sich befestigt, wie er einem
jeden Einzelnen die Macht verleiht, seine Stellung auszufüllen,
wie er Alles erhält und nährt und Kraft spendet zur Fortentwicke=
lung. So siehst Du Gott, wenn Du ihn auch nimmermehr zu
erfassen vermagst.

I.

Was, meine Lieben, die alten Denker von dem Urgeiste sagen,
das gilt am Ende von jedem Geistesleben. Auch von Israel mögen
wir auf die Frage: was ist das eine, das unveränderliche Geistes=
leben in ihm, antworten: nimza es ist da, es erscheint als eine
Urkraft, als ein Leben, ein geistiges Weben, das nicht von außen
ist gekommen, nicht abhängig von andern geschichtlichen Vorgängen,
sondern aus sich selbst ist entstanden. Ein Ausfluß des Gottesgeistes,
ist Israel von einem eignen schöpferischen Geist erfüllt gewesen und
ist es noch weiter, von ihm sind ausgegangen jene andern großen
Geistesthaten in der Weltgeschichte, seine Töchter sind die andern
Glaubensbekenntnisse, die sich wohl hier und da ihm entfremdet,
ihm oft Verkennung statt Würdigung entgegengebracht haben, —
gottlob! die Zeiten sind vorüber und gehen immermehr dahin —,
sie sind seine Töchter, haben seine Lehre aufgenommen, haben das
Beste, was sie in sich tragen, Israels Geist und Israels Ueber=
lieferung zu danken, so war es in allen die Welt beherrschenden
Ausstrahlungen vorhanden. Es ist eine Urkraft, ist von allen
Zeiten her, soweit wir hinaufschauen in der Geschichte, Israel ist
da, zuerst als eine kleine Familie, dann als ein Stamm, dann als

Körper eines Staates, dann auch diesem Staate entrückt, und nun sollte man glauben, es sei dahin geschwunden, nun zerfalle der Körper in seine einzelnen Theile, — nimmermehr: nun erblüht es erst recht, geht in alle Welttheile ein und überall bewährt sich seine Kraft, es erstarrt nicht im Drucke und will auch in der Freiheit sich nicht auflösen, nicht zerstreuen in einzelne Theilchen, die sich an ähnliche fügen. Außerhalb freilich, in bürgerlichen Angelegenheiten, in Allem, was das Wohl der Menschheit betrifft, da schließt es liebend sich an, geht in dem Volksleben auf, und dennoch bleibt in ihm sein Geist eigenthümlich: es ist.

II.

Freilich es ist nicht wie ein Stein, der Jahrtausende aushält in seiner Starrheit und Unveränderlichkeit, der aber dann doch, wenn die Wetter darüber fahren, zertrümmert und auseinander= gerissen wird, so daß seine einzelnen Theilchen den Lüften preis= gegeben werden, nein, Israel ist chacham, nicht ein äußerliches Leben ist ihm geworden, es ist ein Leben der Erkenntniß. Sein Glaube — und das ist eben seine Eigenthümlichkeit — ist gleichfalls nicht ein Verfestigtes, ein Gebundenes, Starrgewordenes im Laufe der Geschichte, — das wäre nicht weise, das wäre nicht das ewige Gei= stesleben. Nein, in Israel lautete stets der Ruf: da eth elohe abicha. Erkenne den Gott Deines Vaters und diene ihm. Höre und wähle, prüfe und erkenne, das ist die Aufforderung, wie sie an Israel ergeht. Nicht etwa das äußere starre Gesetz hat Israel seine Un= verbrüchlichkeit gegeben, nein, das geflügelte Wort, das die Pro= pheten haben verkündigt; die Geistesblitze sind nicht blos von Sinai ausgegangen, sie haben auch von den großen Männern aus, die zumal im Reiche Juda gelebt, geleuchtet; das Prophetenwort wußte, als die Welt voll war von Heidenthum, Götzen= und Bilderdienst, zu einer belebenden Geistessonne zu erheben.

Auch in späteren Zeiten blieb Israel einsichtsvoll, geistig emporstrebend, nimmer die Freiheit einzwängend und fesselnd. Frei= lich wirkte die Verschiedenheit der Umgebung, die Eindrücke, wie sie von außen auf es eingedrungen, blieben nicht spurlos, Israels Söhne vermochten nicht die Stufe der allgemeinen Erkenntniß zu überspringen, sie blieben immer die Genossen ihrer Zeit. Da sind auch manche Seitenwege eingeschlagen worden, die von der vollen Wahrheit abführten, da hat sich manche harte Rinde um den Kern Israels gelagert und hat dessen fruchtbares Durchdringen verhindert, da hat gar manche Beengung den Geist zugeschnürt und nicht zu seiner vollen Entfaltung kommen lassen — dennoch hat ein Geist gewaltet, auch zu jenen Zeiten, die wir als die finsteren betrachten, ein Scharfblick, mit dem man einzudringen suchte in die verwickeltsten Verhältnisse, ein inneres Regen und Ringen, das, wenn auch nicht über alle äußerlichen Beengungen erhebend, dennoch das innere Leben Israels frisch und kräftig erhielt. Achtet nur auf die herrlichen Sprüche, die überliefert sind, Sprüche, die die Tiefe des inneren Seins uns enthüllen, die ein so reines Gemüth uns offenbaren, an denen wir uns heute noch erquicken, Lebensregeln, die in ihrer Wahrheit und Geradheit unvergänglich sind. Auch in den späteren fast noch mehr finsteren Zeiten, welche Lichter erglänzten da gerade in Israel! Was ein großer Denker aus jenen Zeiten des Mittelalters ausgesprochen in klarster Bestimmtheit, das war im Grunde, vielleicht mehr unbewußt, in Allen lebendig, der Gedanke: hahaamanah enah injan haneemar bapeh awal hainjan hamznjar banefesch der Glaube ist kein Wort, das hergesprochen wird, das sind nicht die Formeln, die Du sagst, nicht die Behauptung allein, ohne daß Du sie prüfst, ohne daß Du sie mit allen sonstigen Ueberzeugungen und Erkenntnissen übereinstimmend findest, nein, es ist eine Gesinnung, die tief im Herzen begründet ist, die die Grundlage Deines geistigen Daseins bilden muß, ist die Blüthe des Geisteslebens, die edle Frucht der vollen Ueberzeugung, der Aufschwung, den die Wissenschaft nimmt zu der Quelle allen Lichts. Nie erkannte Israel einen Glauben an, der der Erkenntniß widerspräche, nie ward in ihm als Geheimniß verehrt, was dem von der Menschenvernunft Erfaßten sich entgegenstellt .hasechel wehadath schene meoroth,

Die Vernunft und der Glaube mit seinen Gesetzen sind zwei Flammen, deren jede für sich leuchtet, die dennoch einander begegnen, sich lieblich vereinen. Das ist die Lehre Israels, das seine Weisheit, das die Bürgschaft seiner Lebensdauer. Und wenn auch in unsern Tagen gar Manches dahinschwindet, wenn, was ehedem ein grünes liebliches Blatt gewesen sein mag, jetzt verdorrt ist, den Stürmen oder auch der Erfrischung der Zeit weichen muß, wenn auch die Geister weit auseinandergehen, dann, liebe Freunde, zagt nicht, es bleibt ein einiges Geistesleben in Israel. Mag immerhin die Forschung verschiedene Wege einschlagen, die Richtungen sich zertheilen in verschiedene Schattirungen und Partheiungen, laßt Euch nicht entmuthigen: ein Geist ist und bleibt doch in Israel; wie es Jahrtausende ist gewesen unverbrüchlich, so wird es auch weiter bleiben. Das geistige Leben gestaltet sich in seinen äußeren Schöpfungen vielfach um, auch der Gottesgeist offenbart sich gar mannigfach, so ist es gerade das Kennzeichen von dem ächten Geistesleben in Israel, daß der Ausdruck desselben ein verschiedener ist.

III.

Und endlich drittens, meine Lieben: jachol Israel hat eine die Dauer verbürgende Thatkraft. Ich meine nicht jene Thatkraft, die auf den Arm vertraut, in der Stärke des Leibes ihren Ausdruck findet, Israel hat auch sie bewiesen in den herrlichen glorreichen Kämpfen der Makkabäer, in dem Widerstand gegen das große Weltreich Roms. Doch darin bestand und besteht seine Thatkraft nicht. Seine Thatkraft ist, und das ist überhaupt die rechte, das Bemühen, mit dem wir alles Göttliche fördern und erstreben, das Liebste auch hingeben, um demselben treu zu bleiben, um es zu erhöhen. Ja diese Thatkraft hat Israel zu allen Zeiten bewährt, es hat für seinen Gott, für seinen Glauben Alles dahingegeben, Alles erduldet und Alles erlitten ohne Zagen und ohne Wanken. Geht auch dahin der Körper, mein Geist und mein Vertrauen bleibt, ich zage nicht, Gott ist mit mir.

Das ist die Thatkraft Israels, seine Opferwilligkeit, mit der es bereit ist, für alles Gute und Große einzustehen. Seht, wie sie erstehen in unsern Tagen die herrlichen Gotteshäuser, erbaut nicht blos mit dem Schweiße der Arbeiter, erbaut mit den angespannten Kräften aller Theilnehmenden, mit den mühevoll herbeigeschafften Mitteln, die aber freiwillig und freudig dargebracht werden; Gottes= häuser, die nicht blos in den großen Gemeinden, sondern auch in den kleineren errichtet werden, wo die Mittel spärlicher, die Erwerbs= fähigkeit geringer ist. Da steht es dieses Haus in seiner Schöne, in seiner Pracht und Herrlichkeit, ein Ehrenzeugniß für Israel, ein Ehrenzeugniß für diese Gemeinde, ein Denkmal des guten freudigen Sinnes für die Gegenwart, für die Genossen dieses engeren Ver= bandes, für alle diejenigen, die gerne gespendet haben von ihrem Gute, von ihrer Kraft und von ihrer Zeit unverzagt und ohne Be= denken. Es ist ein Haus unseres Gottes, es muß in voller Schöne und Lieblichkeit dastehen; ist auch groß das Opfer, sollten wir selbst uns etwas entziehen müssen, um es unserm Gotte darzubringen, wir stehen nicht an, hegen kein Bedenken, wir haben Gottes Größe geschaut und wollen dankbare treue Diener sein.

Das, liebe Freunde, ist Israels Thatkraft; es entwickelt sie namentlich in dem Sinne, wie die alten Lehrer es so schön bezeichnen: esehu gibbor? hakowesch eth jizro. Wer ist ein Held? Wer seinen beengenden Eigennutz, wer die nach allen Seiten hin Schranken auf= richtende Selbstsucht zu bewältigen weiß, ein Held, wer nicht blos für sich, sondern auch für die Seinen sorgt, der sich als ein Glied der Gesammtheit fühlt und gerne seine Kräfte derselben widmet. Wer hat wahre Kraft? Wer Macht hat über sich selbst, Macht über Liebe nach Geld und Gut, über Engherzigkeit und Eifersucht. So war es allezeit Israel's Ruhm, mit Wohlwollen den Neben= menschen zu umfassen, ihm in seinem Elend und seiner Noth freudig beizustehen: Bene Jisrael rachmanim hem bajschanim hem gomle chasadim hem. Das ist der Spruch der Alten: die Söhne Israels sind barmherzig; allein sie sind ja auch verschämt, das Elend will sich verbergen, will nicht das Mitleid heraus= fordern, nun, auch dann wissen sie die Liebespflicht zu üben. Denn sie sind nicht blos barmherzig, wenn sie das Elend vor Augen sehen und es greifen können, sie haben tieferes Wohl= wollen, auch einzudringen in die stillen Gemächer der sich ver=

hüllenden Noth, den Mangel zu ahnen und ihm abzuhelfen. Durch sein Wohlthun hat Israel sich immer ausgezeichnet und wird darin nicht ermatten. So war es stets ein Ganzes, eine Einheit und bleibt es auch in unsern Tagen. Wenn der Hülferuf ertönt von weiter Ferne her, da verklingt er nicht in den entlegenen Ländern, da beeilte sich ein Jeglicher — und war er noch so entfernt — die Bruderhand entgegenzureichen, das warme Herz war auf dem weiten Wege nicht erkaltet und nicht erstorben. Wir sind eins, wir gehören zusammen. Und nicht etwa blos auf Israels Kreis beschränkt sich sein Wohlthun, es ist ein unerschöpfliches, es erstreckt sich soweit die Kräfte reichen, über die ganze Menschheit; wo eine Noth hervortritt, da sind zuerst die Hände Israels geöffnet, wo ein Jammerschrei ertönt, da ist zuerst das theilnehmende Wort aus Israels Mitte, das sänftigt und beruhigt.

Das gute jüdische Herz ist das einigende Band, ist Geistesleben, und wenn auch Manches dahingeht, mancher äußere Brauch, manche todte Satzung schwindet, so bleibt der Quell doch gesund, das gute Herz ist noch da und das wird nicht sterben, und so lange Du, mein Israel, von Dir aussagen kannst: ani jeschenah welibbi er selbst wenn ich zu schlafen scheine, ist mein Herz doch wach, da bist Du auch da, da bleibst auch Du unverwüstlich und unvergänglich.

Da habt ihr, meine Lieben, einzelne Grundzüge des geistigen Lebens, wie es in Israel war und ihm bleiben wird. Ehret dieses geistige Leben, würdigt es in seiner Vergangenheit, haltet fest an ihm in Gegenwart und Zukunft. Ehret die Väter, wenn sie auch unter andern Verhältnissen und andern Gestaltungen haben gelebt, aber lebt vor allem in der Gegenwart wirkend für und mit Israel; weihet dem Staat und dem Vaterlande freudig eure Kräfte, aber bleibet auch dem unvergänglichen Israel mit seiner Geisteskraft anhänglich. Ehret Israel in seinem geistigen Leben, in seinem Denken und Erscheinen, ehret es als ein Leben, das mit der Wissenschaft eng verbunden bleiben muß, das nicht die Erstarrung als sein Heiligthum ehrt, niemals die Gedankenlosigkeit als Frömmigkeit anerkennt. Ehret Israel im Reichthum seiner Entwickelung, freuet Euch, wenn bei allem Festhalten an den großen einigenden Grundlagen doch mannigfach die Neuzeit die Richtungen umgestaltet, fördert und Neues erzeugt. Ehret Israel in seiner Thatkraft, gerade nunmehr, da Ihr Euch der Freiheit erfreut, da Eure Kräfte nicht mehr gebunden sind, Ihr fröhlich mit eingeht in die ringende Welt, alle Bahnen Euch geöffnet sind, da geht nicht unter in dem Erdensinn, versinket nicht in die Sinnlichkeit und sprechet immer: Ich bin ein Sohn Israels, ich bin ein Sohn des lebendigen Gottes, meine Thatkraft muß in der Treue gegen das Göttliche, in der Opferwilligkeit für alles Gute, in der Selbstbeherrschung und in der Zügelung der Triebe sich bekunden. Bleibet Israeliten in thatkräftigem Wohlwollen, öffnet Euer Herz einer jeden klagenden Stimme,

habet Sinn und Theilnahme für jeglichen Mangel, für jedes Leit
ki jesch lael jadecha laasoth, wenn Du die Macht in der Ha
hast dafür zu thun, da sollst Du Deine Hand nicht zuschließen, ni
engherzig werden, vielmehr sprechen: Ich bin ein Sohn Israe
das immer sich bewährt, das immer freudig gespendet hat, auch
will nicht kargen, will nicht, wenn mir Gott die Mittel verlieh
hat, blos zusammenscharren, ohne etwa von dem Meinen freu
meinen Beitrag zu geben. So laßt uns im Geiste zusammenw
deln, daß es dauernd heiße: Israel ist, ist weise, voll hingeb
der Thatkraft! Amen!

L. Schellenberg'sche Hof-Buchdruckerei.